KB140365

어쩌면 한갓지다

어쩌면 한갓지다

초판인쇄 ǀ 2013년 10월 20일   **초판발행** ǀ 2013년 10월 30일   **지은이** ǀ 유병근
펴낸이 ǀ 배재경   **펴낸곳** ǀ 도서출판 작가마을
등록 ǀ 2002년 8월 29일(제 02-01-329호)
주소 ǀ (600-012)부산시 중구 중앙동 2가 24-3 남경 B/D 303호
　　　T.(051)248-4145, 2598 F.(051)248-0723 E-mail:seepoet@hanmail.net

국립중앙도서관 출판시도서목록(CIP)

어쩌면 한갓지다 : 유병근 시집 / 지은이: 유병근. -- 부산 : 작가마을, 2013
　　p. ;　cm. -- (작가마을 시인선 ; 020)

ISBN 979-11-5606-004-8 03810 : ₩ 8,000
한국 현대시(韓國 現代詩)
811.7-KDC5
895.715-DDC21　　　　　　　　　　CIP2013021605

※ 이 도서의 국립중앙도서관 출판시도서목록(CIP)은 서지정보유통지원시스템 홈페이지
　(http://seoji.nl.go.kr)와 국가자료공동목록시스템(http://www.nl.go.kr/kolisnet)
　에서 이용하실 수 있습니다.(CIP제어번호: CIP2013021605)

한국문화예술위원회 부산광역시 BUSAN METROPOLITAN CITY 부산문화재단

※ 본 도서는 2013년도 부산문화재단 지역문화예술 육성지원사업의 일부 지원으로 발간되었습니다.

어쩌면 한갓지다

유
병
근

시
집

도서출판 작가마을

• 시인의 말

가시덤불 속에서 눈을 뜨는, 구겨진 몸을 구기는,
길 헷갈리고 뜬금없는 아픔이 된
  엉클어진 그림자, 싹 지워버리나 어쩌나 날마다
미적거린다.

2013년 가을

유병근

유병근 시집

어쩌면 한갓지다

제2부

제3부

제4부

유병근 시집 어쩌면 한갓지다

제 1 부

포장지

전을 부치는 동안
청샅바와 홍샅바가 화면에 뜬다
뒤집어야 맛이 나는, 뒤집어야 판이 갈리는
뒤집기 한 판에 고개 갸웃거리는 힘줄이 튄다
노릇노릇한 기름에 튀고 모래판에 튄다
뒤집는 순간마다 동그랗게 더 튄다
사막여우에게 먹이를 던지는 그가 화면에 뜬다
햇빛이 아우성치는 사막, 햇빛에 익은 얼굴이 튄다
나도 어쩌면 얼굴 뒤집기를 한다

어제 산 후라이팬의 포장지
아직 뒤집지 않았다

마루를 닦다가

전에 본 암각화의 흔적과 흔적 틈새를 우빈다
먼 바닷소리에 날마다 귀먹은 수만 년 전을 우빈다
한 장 한 장 뜯는다
요즘은 자주 물새가 울다가 사라지는 치 끝에서 아
직도 오고 있는
네안데르탈인이 파도처럼 우렁우렁 울부짖고 있다
매지구름이 후두두 흔들리는 틈새를 다시 우빈다

봄이 다 가도록 엎드려 있는 꽃의 흔적
깊은 틈새가 아릿하다

복사꽃나무

기울어진 나무는 기울어진 쪽으로
해 지는 소리를 보고 있다
이 꽃나무와 저 꽃나무 사이
기울어지는 그림자의 빛깔을 만지고 있다
기울어지다가 잠깐
지는 해의 틈새를 받치고 있다
기울어짐과 기울어짐의 각도에 대하여
절하다가 고개를 드는 이목구비
어슬한 얼굴 너머로 지는 해가 기울고 있다
제비는 오지 않고 복사꽃 붉은 봄이
기울어진 어깨를 쓰다듬고 있다

어쩌면 한갓지다

장욱진 풍경

붉은 소 한 마리는
새가 날아 앉는 나무 등걸 쪽으로
우두커니 보고 있다
빈 움막 안에서 저무는 날이 곰방대를 턴다
붉은 소와 저무는 날이 한 집에 살고 있다
조금 더 깊이 정들어간다고 고요를 다듬고 있다
달이 잠긴 돌계단 아래
고삐 풀린 붉은 소 한 마리
아이를 따라 간다
열린 방문 속에서 하루치의 고요가 숨을 쉰다
아무도 꿈꾸지 않고 아무도 성가시지 않는
고요를 쓰다듬는 손을
새가 날아가다가 기웃거린다
고요에 길든 새는 나무에 앉아
나무가 된다

점심시간

비는 한 시 이전에 오고
한 시 이후에도 온다
이전과 이후 사이에도 온다
어제 먹은 배추겉절이
접시를 적시는 비가 온다
비를 먹은 접시를 먹고
배추밭 이랑에서 비를 맞는다
머리로 맞고 어깨로 맞고
배추포기가 된 몸속으로
비를 받아들이느라 몸을 편다
한 시 이전에도 펴고 이후에도 펴는
점심시간의 비를 맞는
어느 해의 배추는 금값이었다
진잎이 된 내 옆구리로
비가 들이닥치다가 잠깐
기웃거리다가 그만 그친다
그가 삽으로 도랑을 친다

손사래를 치다

1

오늘은 오늘의 애매모호함
어제는 어제의 신들림에 길들었다
거미줄 같은 끈적거림을 만졌다
방금 지나온 덫을 어쩌나
어리둥절한 덫의 오리무중을 짚어나갔다
꼬인 방향은 꼬리표를 질질 끌어나갔다
지리멸렬하다고 모르는 길목에 가위표를 쳤다
모르는 순간에도 해가 지고
순간과 순간의 틈새를 우벼나갔다
지루한 일몰
지루한 아우성
지루한 아라베스크
아니면 어떻고 멀리 손사래를 쳤다

2

　감 잡을 수 없는 어디가 나타나고 어디가 사라지고
나타나고 사라짐을 헤아리고 있다 십리 쯤 아니 삼 십
리 쯤 꼬불꼬불한 길을 헤아리고 있다 동그라미도 아
닌 마름모도 아닌 세모와 네모를 만지고 있다 뿔을 세
운 소리와 모를 깎은 소리에 찔리고 있다 무엇이 어떻
다고 말하지 않는 아니라고 손사래 치는 네 목소리가
오고 있다

부록附錄

눈사람에 매달린 아이들이 북어를 뜯는다
말하지 않아도 달달 꿰뚫은 초봄에 피는 꽃이
눈 속에 눈이 되어 귀를 쫑긋 내밀고 있다
덕장을 쓸고 간 바람과 구름을 듣고 있다
무릎을 대고 앉은 이 산과 저 산은
곰방대 마주 물고 어제 쌓인 눈발에 묻힌 두엄이야
기나 하고 있다
춘향전과 장화홍련전은
방 한쪽 저만치 밀어놓았다
카톡이 오다가
눈발 길목에서 끊어지고 있다

먼 조각달

　어떤 설렘이라고 말하는 동안 또 다른 설렘이 눈에 띄었다 아메바 같은 무좀 같은 근질거리는 꿈틀거림 이 종을 달았다 눈에 띈다는 것은 눈에 띄지 않던 것 이 기지개를 켜는 것, 가지를 뻗어나가는 것, 웃자란 가지를 치고 모자를 벗고 땀을 훔쳤다 어쩌다 놓칠 수 없는 얼굴이 떠올랐다 가지를 치고 이만치서 보는 나 뭇가지 끝에 떠올랐다 조각달이 떠오르듯 떠올랐다 아직은 초승인데 아직은 초저녁인데 떠오른 달 속에 이상한 설렘이 떠올랐다 수시로 꾸물거리는 어제와 오늘 사이 내일이 끼어들고, 어깨를 좀 비비적거렸다

시인 윤동주

지하철 게시판에 「서시序詩」를 적으며 『하늘과 바람과 별과 시』를 읊고 있는

그의 어깨 너머로 시인 윤일주도 오고 있다 어제 아니면 오늘 또 그 내일이다

가까이 가서 절 올리고 몇 걸음 물러서서 다시 절 올린다

후쿠오카 형무소와 간도 언덕의 흙이 된 서시

바람에 스치우는 별이 된 눈빛 맑은 그가 지하철 게시판에서 오늘도 어제처럼 손을 흔들고 있다

고분古墳

부스러져 내리는 흙더미 속에서 부스러지는 손목과 손목에 부스럭거리는 달빛이 있다

순서도 없이 무너지는 흙더미의 입술과 찌그러진 낱 말과 찌그러진 시간이 있다

달빛 한 오라기 꺾어든다 칼날 같다고 아니 바늘 같다고 달빛이 된 흙더미를 잘게 썬다 잘게 썰다가 한 땀 한 땀 깁는다

방직공장 직공이던 옛날 그녀가 부스러진 달빛 속에서 걸어 나온다

부스러지다가 눈 뜨는 고분 하나, 그녀 머리 틀어 올리는 손이 된다 베 한 필 차일처럼 달빛에 건다

오래 된 기억

쓰러진 벽 틈에서 망가진 시간이 눈을 뜬다 그 시간에게로 가서 여기도 아니고 저기도 아닌 줄을 뜯는다 줄을 뜯을 때마다 쓰러진 벽 틈에서 쓰러진 소리가 태어난다 또 다른 소리가 된 벽에 때묻은 불빛을 건다 밤마다 지나가는 기차를 건다 오래된 기억처럼 기차가 가다가 돌아선다 생각의 갈피가 눈을 뜬다 갈피 하나 꺾어 들고 돌아서는 기차를 찾아 불빛을 건다

다음 역

다음 역을 마음에 심는
다음은 다음이란 시간에 있고
다음을 놓치면 다음은 오랫동안
오지 않는다 오지 않을
오리무중, 다음 역은 걸림돌
마음에 자주 헷갈린다
언젠가 가본 적도 없는
다음 역의 아리랑
노래에 맞추어 짚어보는
다음 역으로 가는 길이 설렌다
동쪽으로 가면 서쪽에 설레고
남쪽과 북쪽에서 다시 고개 드는
다음 역으로 가는 넋두리가 길다
아무튼 세상은 그저 그런
이렇건 저렇건 되풀이되는 궁금증
다음 역은 아직 다음에 있다

시인 김종삼

피리를 부는 그는 피리를 분다 북을 치는 그는 북을
친다 날 저문다고 새가 날아간다고 피리를 분 그는,
북을 친 그는, 파이프를 문 그는,

놀구름을 한 장 한 장 넘기고 있다

김삿갓 행각

비뚤어진 행간마저 몸에 좋은 저녁나절, 싱거운 국
은 싱거워서 좋은 저녁나절, 매운 김치는 매워서 좋
은 저녁나절, 웅숭깊은 술잔은 웅숭깊어서 좋은 저녁
나절,

숨소리를 감춘 까치둥지는 하늘에 닿고
닿을 곳이 없는 행간 혼자 우두커니 선다

시츄에이션

지금은 비가 오고
모르는 곳에서 모르는 방향으로
비가 그치고, 모르는 곳에서
꼬리를 파닥이는
모르는 천둥이 멀리서 온다
조금 전에 그친 비는
모르는 꼬리를 까먹고 있다
맛이 떫다고, 조금은 심드렁한
비가 그치고 떫은 맛에 입 다시는
예전에도 그랬다
동해남부선 어디 작은 마을
오일장 가는 꼬불꼬불한 길에
비가 그치고
갑자기란 말이 왜 걸리나
지금은 오지 않는
빗소리의 사전을 들추고 있다

무설당無說堂 일기

1

귀의 침묵이란 말을 듣는다 듣는다는 말을 듣는다
듣는 것은 듣는 것끼리 또래가 된다 신호가 오다가 끊
어진다 이상한 신호에 눈 깜박거리는 귀, 울다가 사라
진 귀뚜라미였다 가을이 저문다고 아니 물러가는 계
절의 흔적이라고, 가끔은 귀앓이 하는 귀도 있다 부서
진 침묵으로 말하는 귀, 가끔이란 말에는 여유가 있다
누가 그 여유를 쓰다듬는다

2

한낮에도 달이 뜨고 한낮에도 등꽃이 피었다 두보를
읽다가 두보를 접어두고 길섶에 자라는 풀꽃을 보았
다 길은 길에 헷갈리고 길 너머로 꿈을 접는 바람을
보았다 사라진 바람 사라진 발자국의 흔적을 보았나
등나무 그늘 아래 신발을 벗고 모자를 벗고, 등꽃과
등꽃 사이 발효되는 시간을 거푸 읽었다 처음은 처음

부터 시간의 두께를 쓰다듬었다 지나가는 바람을 듣
고 있었다

3

 누가 누구더러 아무 말도 하지 않는, 몇 번 침묵하다
가 침묵이나 수염처럼 쓰다듬는다 어긋난 어깨를 바
람이 쓸며 간다 어느새 기울어진 어스름과 사대육신,
조금 전에는 까치가 울다가 날아갔다 날아가는 바람,
날아가는 어스름에 흔들리는 놀빛이 아득하다

4

 재채기를 하고 요즘은 대충 신문을 보고 귀를 우비
고 어제 읽은 신문을 다시 훑는다 누구는 절필을 선언
하고 코를 씰룩거리는 나는 코를 푼다 지워도 지워지
지 않는 감기에 자꾸 밟힌다 밟히며 살아온 날이 코를
씰룩거린다 덕수궁 돌담길 어쩌고 노래는 갑자기 코

먹이 소리를 한다

5

 입 닫은 근심이 서 있다 한 근심 뒤에 다섯 근심, 다
섯 근심 저쪽에 열 금심이 사슬에 묶인 듯 서 있다 흐
트러지지 않는 서 있는 근심은 서 있는 쪽으로 서 있
다 바람이 오다가 끊어지고 입을 닫은 근심이 근심 쪽
으로 기울어지고 있다 동굴 같은 기차가 하나 더 가고
있다 누구도 기차는 타지 않는다 꼬리를 늘어트린 석
탄 같은 근심, 저무는 어둠 속에 서 있다

드로잉연습

시침과 분침이 사라진 시간의 모서리를 다시 그린다
사라진 텃새와 삭은 둥지의 깃털 같은, 하늘거리는
구름을 다시 그린다
구름이 자라 어른이 된 구름의 눈과 귀 그리고 불거
진 뒤통수를 다시 그린다
버릇처럼 어긋나는 시계추 속에서 오고 가는 느림과
빠름을 다시 그린다
그리다 미처 그리지 못한 등지느러미
미적거리다 놓친 길눈은 그냥 미적거리기로 한다
아무것도 아닌 시간의 마디마디
그냥 시침 떼기로 한다

황진이 풍으로

문지방 아래 달빛에 놀던
귀뚜라미는 날아갔다 날아간
가슴 뛰는 것 이부자리 아래 묻어놓고
조금 더 출렁이게 가볍게
지창에 스며드는 달빛도 깔아놓고
물 한 사발 머리맡에 떠놓고
이부자리 깔아놓고 옷고름 여미고
이부자리에 포개 눕는
달빛 부드러운 소리 듣는다
바람은 아직 귀가 멀다
달빛무늬로 여민 길에 반보기 나선
정월 보름달 같은 달맞이꽃
이부자리 안으로 손 밀어 넣는
귀뚜라미 울음
눈짓과 눈짓의 일렁임 보러 간다

이중섭기념관

돌담을 기웃거리는
담장넝쿨 끝에 매달린 바다
바다를 물고 오는 게가 있고
게 다리를 매단 아이 두엇
아내여 부르는 손짓이 보인다
손짓에 눈떠 일렁이는
동그랗게 밀려오는 두루마리
두루마리 너머의 이웃나라
이웃나라라고 말하는 저기
아이들의 게는 그림 속에 있고
발 닿지 않는 수평선 너머
수평선 눈금 끝에 담장넝쿨처럼
머리칼 나부끼는 까치놀,

어쩌다 까마득한 목소리 듣는
아내여
파도를 타고 아내여,

비발디를 들으며

 눈보라 같은 주저앉는 길이 있다 먼 마을 끝에서 손
사래 치는 손사래길이 앞서거니 뒤서거니 서벅거린다
여길까 저길까, 조금 전에 지나간 눈보라에 가위 바위
보를 한다

 조금 전의 뽀드득소리를 조금 뒤의 뽀드득소리가 삼
키고 있다 삼키는 입을 지우며 조금 전의 발자국과 조
금 뒤의 발자국은 한 또래가 된다 아득한 겨울,

* 비발디 : Vivaldi, Antonio(1675~1743) 이탈리아의 작곡가.

제 2 부

가을 수첩

놀빛 속에 놀빛이 잠긴
어제는 아니고 오늘
푸석푸석 꼼지락거리며 스마트폰 꺼내는
소리를 밟고 오는 산그늘
아이들 종알거리는 산그늘
누가 넘기는 동화책을 읽고 있는 산그늘
어제보다 오늘 해 저무는 소리
놀빛 속에 놀빛보다 더 깊은
해 저무는 소리 아득한
쑤군거림을 먹고 사는 저물녘
아득하다, 아득한 시나리오
아득한 놀빛을 머리에 이고
입 벌린 벽 틈새로
이구동성 키를 세운 산그늘
스마트폰에 고개 빠트린
아이들 예닐곱 오는 산그늘

mechanism

출입문 안의 나는 출입문 밖의 나를 물끄러미 본다 좀 어떻다고 머뭇거리는 나를 기웃거린다 출입문 밖의 나는 출입문 안의 나를 낯설어 한다 바람에 흔들리는 나는 바람에 흔들리지 않는 나를 낯설어 한다 안과 밖이 서로 다른 출입문, 위험하다는 구절을 출입문 안의 나는 읽고 출입문 밖의 나는 모른다 아무것도 모르는 출입문 밖이 된 나는 출입문 안의 나를 낯선 듯 보고 있다

종이 된다

가위에 잘려나가는 헝겊 나부랭이는
바닥에 떨어지면서 들릴 듯 말 듯 소리를 한다
벌레 한 마리 기어가는 나뭇잎 틈새로
나뭇잎을 마름질하는 소리를 한다
세상은 어제나 그제나 소리로 부드럽고 소리로 음전한
저고리 마름질
마름질이 양반이다 양반에게 가서
마름질의 그릇을 설거지하는
손에 물 떠날 날 없는 종이 된다
차 한 잔 올리는
허리 꺾고 머리 숙이는 종이 된다

비는
하늘의 구름을 설거지 한다

이백십 밀리의 꽃대

누가 두고 간 화분이 지금 막 꽃대를 올리고 있다
이백십 밀리의 꽃대가 키를 높이 세우는 산발장 안
에는 다른 것은 없고 꽃대를 자랑하는 화분만 있다
화분대에 아무도 신발을 올리지 않는다 화분대에 아
무도 구두숟가락을 올리지 않는다
신발장이 화분대가 되기까지 이백십 밀리의 꽃대가
쑤군쑤군 꽃대를 뽑아올리고 있다
나는 화분대의 변두리를 쓸고 닦아준다
신발의 코에 광을 내던 일이 떠올라 한참 꽃대를 보
고 있다
광을 낸 꽃대가 나를 보고 있다 신발장이 화분대가
된 용도변경을 당분간 입 다물고 있다
투표일은 며칠 남지 않았다

비디오 아트

 만도린 연주를 듣는 소리의 부스러기들이 날아다닌
다 소리는 어떻게 소리가 되나 소리는 어떻게 귀에 닿
나 땅바닥에 퍼진 지하계단에도 웅크린 소리, 흐린지
맑은지 가늠할 수 없는 찌그러진 구름이 빗방울을 털
고 있다 보다 더 강하게 보다 더 미세하게 웅얼거리는
소리의 어깨 너머로 넘나드는 부스러기, 소리가 소리
를 어부바 한다

깡통들

나는 네 발 아래 있고 네 발끝에 있다 영문 모르고 걷어차인 허리 어깨 무릎 팔, 좁은 골목에서 또 다른 골목으로, 네 발 아래 나는 없고 네 발끝에도 없고, 종합운동장의 하얀 야구공이 멀리 날았다 날지 못하는 뭉그러진 혓바닥과 지느러미는 그냥 말라붙었다 으깨진 나를 누가 또 걷어찼다 토악질처럼 쓰러지는 허기진 몰골은 허기진 몰골끼리 찢거니 볶거니 이마 부딪치며 즐거웠다

쪽지

추녀 끝의 새는 날아갔다
쓰다 지운 몇 마디의 문장은
아직은 아니다 구름이 아니고 바람이 아니고
아닌 것과 아닌 것 사이
북두칠성은 다도해 같다고 아니 국자 같다고
아는 척했다, 먼 그대는 멀리 있고
시절은 감쪽같이 사라지고 사라진 시절은
오지 않는다 해가 사라질 적마다 밤은 오고
밤안개 같은 어제 오늘의 시간이 우물대고 있다
어디만치 가고 있나 그대
찢어진 신발
날아간 새는 어디서 깃을 접나
흐린 하늘은 흐린 그림을
그대 몰래 지우고 있다

절벽 같은 날

x는 y에게 가서
y를 듣는 x가 된다

y는 x에게 가서
x를 듣는 y가 된다

서로 묻고 묻지 않는
낯가림이 된다

어제 그 공원 의자에
기웃거리던 잠자리

잡으려다 그만 삐끗댄
멀리 아쉬운 서로가 된다

손톱을 깎으며

아침에 읽은 비바람을 어쩌다
깎여나간 손톱에 읽고 새기고 있다
손톱에 할퀴고 손톱으로 할퀸
조금 더 분명하게 다듬어야 할 비바람
방석 바닥에 가서 너부러진 비바람을
오늘의 운세로 삼는 날이 있다
이 길은 어떻고 저 길은 어떻다며
잘못 다룬 손톱부스러기로 점을 친다
비바람에 함부로 휩쓸리지 않게
자물쇠 하나 여물게 채우는

개미 한 마리 문턱에 걸터앉아
세상 구경하듯 한 동안 머물고 있다

마감시간

우기가 시작됨으로 잊어야 할 것을 잊어야 함으로
떠난 누군가와 떠나지 않는 누군가 사이를 잊어야 함
으로 떠나지 않은 날의 미적거림을 잊어야 함으로 아
직도 누군가는 책갈피를 열었다 닫는다 우물거리면서
산 날이 꽉 닫힌다 밖으로 떠난 누군가와 밖으로 떠나
지 않는 누군가의 사이가 멀어져 간다 먼 틈새를 좀
보다가 보는 눈이 어떻다고 돌아선다

구구

 앞서가는 사람이 휴대용라디오를 귀에 꽂는 동안 뒤따르는 사람은 혼잣말 하듯 계속 말을 건다
 앞서가는 사람의 귀에 소리의 부스러기를 던지고 있다
 부스러기를 뒤집어 쓴 앞서가는 사람은 여전히 앞서가기만 하고
 누군지 마주 오는 사람이 있다 길바닥에 엎질러진 말의 부스러기를 툭 치고 간다
 뒤집힌 말은 밟혀 가루가 된다 나는 그 가루를 말의 화분에 쓸어담을 궁리를 한다
 화분에서 싹이 트는 말의 새싹을 생각하기로 한다 산비둘기 울음이 말의 화분에서 모처럼 구구, 눈 뜨는 걸 본다

서해에 관한 기억

시간은 그곳에 있고 그곳에 없다
선반을 뒤지고 조금 전에 켠
티브이는 시간의 향방을 말하고 있다
조금 전에 찾던 시간 이야기를 하고 있다
저녁 여섯시 십분
개수대에 던져두고 외출한 적이 있다
헤엄칠 줄 모르는 시간은 물속에 잠겨 떠오르지 않
았다 아직도 잠수중이냐고 저인망으로 물 밑바닥까
지 싹 훑었다
몇 백 년 전 시간의 무덤이 나무뿌리처럼 조개무더
기를 달고 뿌리 속으로 몸을 감추고 있다
어느 바다였는지 어느 개수대였는지 기억나지 않는
다고
손톱 깨문 채 시침을 떼는
시간에게로 가서 나는 시간의 무덤에 절하고 있다

자판기커피

백지동맹 같은 백지는 말고 낙동강 둔치에 앉아 백지 같은 물소리나 듣기로 한다 보이지 않는 물소리도 대충 보기로 한다 들리지 않는 것은 덧없다 할까 어제 읽은 관성의 법칙을 흐르는 물소리가 지운다 할까 요즘은 그렇다 이상하게도 바람이 불고 구름이 뭉텅뭉텅 점을 찍는다 곰보가 된 하늘, 마마를 앓던 너는 없고 비행기가 지나간 흔적이 있다 하늘에도 측량한 길이 있다고 자판기커피를 뽑아 든다

피에로

기침을 하는 나는 기침을 하지 않는 나를 본다
나와 기침 사이에 쿨룩거리는 허공을 본다
허공에서 사방팔방 튀는 기침을 토닥거린다
간밤의 잠투정이 엉클어지고 있다
알 수 없는 일이 일어나다가 바람처럼 스러진다
기침은 인후를 괴롭힌다고 진단을 내린 이비인후과
의사의 처방전이 호주머니 속에서 기침을 한다
쫓기고 밀리고 찍긴 시간의 발등이 부어오른다
발등에서도 숨은 기침소리가 들린다
기침을 하는 나에게로 돌아오는 등을 구부린다
좀 더 멀리 보고 살아야 한다고
부은 발등을 쓰다듬는 날이 있다

심야극장

다음 장면을 기다리는데 다음 장면이 나타났다
다음 장면은 다음에 올 시간에 맞추느라
천천히 나타났다 아니 서둘러 나타났다
다음 장면을 보여준다는 안내방송을 따라 왔다
다음 장면은 일부러 놓치고 다음 장면을 기다렸다
다음 장면은 다음에 온다고 다음을 기다렸다
기다리며 산 육자배기 가락이 다음 장면에 걸려 있다
다음은 언제나 다음 장면을 끌고 왔다 땀 뻘뻘 흘리는
꾸리처럼
다음 장면이 보이다가 다음과 다음
장면은 아직 때가 아니라고 느긋하게 팔짱을 끼었다
아뿔싸, 다음을 기다리다가 다음을 놓쳐버렸다
심야극장은 이미 문을 닫았다

서랍

　서랍을 열다가 도로 닫는다 한참 뭉그적거린다 서랍
속의 구름 몇 조각과 바람이 지나간 길목은 아직 중구
난방이다 날이 흐리고 조금 전에 오던 비가 다시 온다
그저 그런 날이라고 베란다 난간의 빗방울을 본다 보
는 것과 보이는 것 틈새가 거듭 젖는다 눈 끔벅거리는
틈새는 어깨를 비비적거리며 어긋나고 있다 길을 헤
매던 날이 빗방울 속에 서랍이 되어 닫혀 있다 빗방울
에 잠긴 서랍을 연다 김창열 화백의 물방울이 수정체
처럼 또르르 굴러나온다 수정체 속으로 들어간 나는
네 손에 열리고 닫히는 세상에 뜬금없는 서랍이 된다

버스정류소

문자를 날린다
십분 후에 도착한다는
버스시간을 날린다
날리는 동안 어디쯤
아직 어디쯤에서 오고 있는
더위 먹고 헉헉거리는 버스
모르는 곳에서 모르는
덜컹거림이 오고 있다
오는 버스 안에 나는 없고
없는 나는 덜컹거리지 않는다
그렇다고 문자를 날린다
날린 문자가 날개를 젓는다
연을 띄우듯 허공 깊이
덜컹거리지 않는 문자
무더위 틈새로 땀 훔치는
기호가 날아간다

이미지

추깃물에 핀 인광은 추깃물에 젖어 있다 횃불 켜들
고 젖은 것 보러갔다 홰 보러 갔다 지난 밤 꿈에 다녀
간 빗소리의 인광 보러 갔다 오는 듯 마는 듯 가물가
물 손사래 치는, 손사래 너머의 개펄에 핀 인광, 저녁
어스름을 타고 끈적거리는, 개펄에 반짝이는 별 보러
갔다

밑줄

돌개바람이 지나간 길에 깔린
지푸라기는 돌개바람의 밑줄이었다
늦도록 오지 않는 봄 기척
철새도 길을 잃은 듯 돌아오지 않는다
그의 이름을 부르다가 집으로 돌아간 나는
그가 남기고 간 길에 밑줄을 친다
세상이 춥고 난해하다고
책갈피에 친 밑줄을 눈여겨보았다
저물어가는 노을의 밑줄이 된
가물가물한 그리움의 날갯짓
느닷없이 새가 된 그의 흔적에
빨간 볼펜으로 단단한 밑줄을 친다
사라진 기억을 다시 짚어보는
오솔길 같은 밑줄에 꼬리를 문다

그곳에서는,

　시간이 시간을 보고 있다 앞에서 보고 뒤에서 본다
새가 울다가 울지 않는다 울지 않는 시간이 시간을 보
고 있다 가파르다고 아니 내리막이라고 말하는 시간
의 등 뒤에서 욕창 같은 구름의 알갱이가 터지고 있다
며칠 째 흐린 날은 흐리고, 저문 날 속으로 묻히고 있
다 오늘 할 일은 오늘이라고 두루마리 편지를 다시 읽
는, 고개 갸웃거리는 시간이 가고 있다

제 3부

아버지의 장작

아버지의 장작은 우물정#자로 쌓였다
우물 속에 고이는 햇볕을 길어올리는 아버지, 도끼
날을 물고 놓지 않는 장작을 햇볕에 걸었다
겨울로 가는 우물은 겨울의 깊이만큼 키가 자랐다
코를 훔치며 아버지의 장작우물 곁에 쭈그려 앉아
햇볕바라기를 했다
오랑캐나라에도 가지 못한 오랑캐꽃이 햇볕을 탐내
어 얼굴을 내밀었다
아직 때가 아니라고 오랑캐꽃에게 햇볕 한 움큼씩
미끼처럼 뿌려주었다
이엉을 덮어쓴 움 속의 겨울
얼음장 터지는 도랑물소리에 자꾸 깊어갔다

부석사 소식

배흘림기둥에 기댄 소리는
저쪽 바위 틈새로 옮아가고
배흘림기둥에 잠기던 고요도
저쪽 나무 그림자 아래로 스러져 갔다
먼 산맥이 이고 있는 눈발 편들러 갔다
어쩌다 돌아앉은 부처님 달래러 갔다
무량수전을 지나 선묘善妙낭자 만나러 갔다
소리는 소리의 자비, 고요는 고요의 자비
밤에는 산짐승이 배흘림기둥 아래 졸다가 갔다
가진 것 없어도 그냥 즐거웠다고
배흘림기둥 저 깊은 곳에서
태어나서 한 이레쯤 되는
산이 우는 소리를 들었다고 한다

동화童話

몇 그루의 햇빛을 심었다
해가 심심할까봐 달빛 몇 그루도 곁들였다
해와 달이 수군거리는 소리 들으라고
별빛 모종도 옮겨 심었다
심는 일에 하루하루 이골이 났다
삽으로 땅을 파고 마른 땅에 물을 뿌렸다
물의 씨눈이 트는 소리 멍한 눈으로 보고 있었다
햇빛의 가지에서, 달빛의 가지에서
꽃눈이 트고 잎눈이 트는 몸살,
눈 휘둥그렇게 몰아붙이는
별빛의 입덧을 보고 있었다

지난 봄 어느 날은
목련꽃이 커다랗게 눈을 뜨곤 했다

우주도킹처럼

  그가 앉았던 자리에는 그의 숨결만한 흔적이 있다
흔적을 쓸고 가는 바람이 있다 바람보다 더 두터운 달
빛, 달빛에 젖은 얼굴이 있다 흔적과 바람과 달빛과
얼굴을 쓰다듬는 손이 있다 손이 닿을 때마다 손금 같
은 길이 트이는 하늘이 있다 그 하늘 어디에서 오고
있는 이름 하나, 이름을 부르는 이름 안으로 들어오는
그가 있다 우주도킹처럼,

노래발전소

엠비씨노래교실로가는중년주부들이줄을이었습니다
노래로엮은고리를따라갑니다고리원자력발전소같은
뜨거운열정이활활타오르는언덕길을찾아갑니다건강
지킴이는입벌리고웃고떠들고오장육부가편안한엠비
씨노래교실입니다노래가보습이며씨알입니다거름주
고잡풀을뽑아포도송이처럼알알이맺히는꿈을엮습니
다아무도먼눈팔지않는엠비씨노래교실은노래로든든
한노래발전소입니다

뒷집

소리가 찢어진다
두 갈래로 찢어져 두 갈래 길을 간다 세 갈래로 찢어
져 세 갈래 길을 간다
길 떠난 소리는 떠난 자리로 돌아오는 바람이 된다
어떤 바람은 엎치락뒤치락
고개 처박는 몸짓을 한다
바람에도 끼어들지 못하고 옆길로 빠져나가는 낭떠
러지, 모를 꺾는 기진맥진,
두 갈래 세 갈래로 머리 풀어헤치는 아찔한 길 쓸어
내리는 소리를 꺾는다
바람이 더 크게 가지를 친다 꺾여 퍼덕거리는 시늉
도 한다
제트기편대가 허공 깊은 바람의 길을 꺾는다

허공도 아닌 골방
머리 풀어헤친 울음이 깊어진다

아쉬운 니힐리스트

 적막이 오다가 기침을 한다 열한 시와 열두 시 사이 기침을 한다 기침하다가 돌아서는 적막, 낯가림을 하는 적막, 발등이 부었다고 주저앉는 적막, 그 적막 에게로 가서 좀 업어줄까 등 내민다 어제 오늘의 일 만은 아니다 열한 시와 열두 시 사이 손톱이나 깨무 는 적막 틈새로 기웃거리는 어쩌다 목이 텁텁한 적 막의 기침, 열한 시와 열두 시 도돌이표를 지나 적막 혼자 기침을 삼키고 있는,

가시오가피

이것이 자꾸 걸린다 손톱에 걸리고 소매에 걸린다
걸리지 않으려고 또 걸린다 어깨와 발, 발가락에도
걸린다
 이것은 이것이라 하고 저것은 저것이라 한다 이것
은 저것이라 하고 저것은 이것이라 한다 이것 아니면
저것 사이의 그것이라 한다 눈에서 말하고 귀에서 말
한다
 어처구니없는, 이것은 저것을 어떻다 한다 저것은
이것을 어떻다 한다
 이것과 저것 사이는 이것이다 저것과 이것 사이는
저것이다 다시 보면 이것과 저것,

 이만치 혹은 저만치 걸린 헛소문이다

update

 구름을 업데이트 한다 새가 날아가다가 지워진다 지워진 새를 업데이트 한다 이 창에서 저 창으로 방금 발 빠른 피노키오, 숨죽인 세상의 꽁무니를 업데이트 한다 수상한 눈빛 틈새로 몸 바꾼 피노키오, 숟가락으로 떠먹는 순대국밥과 김치 깍두기, 오늘의 식단을 업데이트 한다 거리에는 아직도 사람이 지나간다 순대국밥 가게를 기웃거리는 눈빛과 수상한 눈빛 틈새를 업데이트 한다 사람은 사람에게로 가고 업데이트는 업데이트에게로 가고 언젠가 태워먹은 주전자는 또 다른 주전자에게로 갔다 내 업데이트가 꽁무니를 뺀다

노란 차단기

　지금 그곳은 하마터면 지는 꽃잎 틈새로 꽃잎이 진
다 처방전도 없는 그냥 싱거운 바람머리, 어제 먹은
김치찌개는 좀 싱거웠다 지금 그곳에 해가 지고 그곳
의 이름을 갉아먹는 수다는 맵다 애물단지처럼 떼쓰
는 지금 그곳은 소문만 무성한 지금 그곳의 처방전,
사라진 오늘은 말고 또 다른 오늘이 뒷짐 지고 선다

원동 스케치

미루나무에 걸린 까치집과
산비탈에 걸린 오두막 너머로
조금 전의 구름은
지는 해를 등진 채 서 있다
겨울이 지나는 길에
길을 놓치면 어쩌나 서 있다
옛날 방식대로 강물은 강물끼리
뒷짐 진 손을 끼고 간다
서 있는 사람은 한낮이 지나도록 서 있다
강물에 흐르는 먼 산을 보며
뛰어가던 아낙네는 뛰지 않는다
멀리서 오는 기차를
손 흔들어 세울까 말까 뛰어간다

왼쪽 서랍

왼쪽 서랍은 오른쪽 서랍이 낯설다
길 잃은 기러기와 길 잃은 비둘기와 길 잃은 바람
이 낯설다
서랍 속의 왼쪽 놀구름과 오른쪽 두루마리는 서로
낯설다
눈뜬 노루귀는 미처 눈뜨지 않는 질경이의 목덜미
가 자꾸 어스레하다
어스레하지 않는 노루귀는 어스레한 질경이를 낯
설어 한다
해가 뜨고 달이 뜨는 아침저녁, 어쩐지 길이 보인
다고, 아직은 좀 더 구름은 구름 끼리 한쪽으로 기웃
하다

기웃한 그의 어깨
한갓진 구름에 걸려 있다

봄 책갈피

다음은 네 차례다
이 구절은 말고 그 다음 구절의
아지랑이는 그냥 넘기고
길섶 모퉁이에 걸린 제비꽃 무리와
질경이와 질경이 발치의
어제 날아온 먼 나라의 황사 알갱이와
가는 듯 마는 듯 여름으로 건너가는
봄의 발자국을 짚어볼 차례다
네가 읽어나가는 개나리는 진작 끝났다
끝난 구절을 읽고 있는
네 뒷덜미에 자라는 녹차나무
새 주둥이 같은 잎이 눈뜨는 가지 끝에
하늘이 내려와 걸려 있다
지난겨울의 눈보라에 귀를 뜯긴
상수리나무가 듣는 하늘
구름도 상수리나무에 앉아 한나절
소꿉놀이 같은 것, 술래놀이 같은 것
종알대는 소리를 한다

연필로 쓴 편지

아지랑이를 심은 뒤 비가 왔다
잔뿌리가 편하게 흙구덩이 속으로 가다듬었다
까치가 몇 번 울다가 갔다
왜 우는지 심각하지 않았다
왜 비가 오는지 심각하지 않았다
심각하지 않는 고개를 들었다
심은 아지랑이가 자라는 언덕배기에 서 있었다
마른 넝쿨이 발에 감기곤 했다
나뭇가지 하나는 아지랑이 쪽으로 기울곤 했다
서로 기대보자고 쑤군대는 소리였다
밤에는 달맞이꽃이 핀다고
휴대폰을 꺼내어 시간을 읽었다

각설이

어쩌다 부는 바람소리를 지나간다
시름시름 돌아가는 물레방아
돌담아래 눈뜨는 질경이를 지나간다
우울증 같은 기억상실증 같은 굽은 골목
조금은 어리둥절한 돌담을 지나간다
어제 먹은 수제비와 수제비에 곁들인
김치깍두기, 배추밭 언저리를 지나간다
배추밭에 더부살이하는 고들빼기와 상수리나무
곰 발바닥과 곰 발바닥 같은 너덜겅을 지나간다
너덜겅에 묻힌 애장, 어둠을 지나간다
지나가다가 되돌아서는 바람소리
곰 발바닥과 곰 쓸개
어쩌다 하나씩 물고 지나간다

여름일기

한 시 그 집, 삼계탕 어떠냐고
늦장꾸러기에게는 벌점 붙는다는 전갈
어긋나지 않으려고 한 시에 매달리고
어긋나지 않으려고 삼계탕에 매달리고
어긋나지 않으려고 벌점에 매달린다
창에 기대어『전갈』*을 읽은 적이 있다
징그럽게도 요즘은 내내 목안이 텁텁하고
사막 같은 길바닥에 엉금엉금 기어가는 전갈
책갈피 너머로 사라지는 전갈
한 시 그 집 마룻바닥에서도 본 듯한 전갈
땡볕을 지나 온 전갈, 한 시 그 집
빈틈없이 달력에 묶어둔다
초복도 지나고 중복
후덥지근한 선풍기바람에도 묶어둔다

*『전갈』: 전명숙 시집, 해성, 2012년.

요즘은 가끔

구제역口蹄疫에 묻힌 구름이 언덕을 끌어온다 언덕은
제쳐두고 저녁놀을 끌어온다

핏빛에 물든 구름은 저녁놀세상이라고 언덕에 걸린
구름을 한 동안 들추고 있다 저녁놀의 포승줄에 느닷
없이 걸린,

걸려 꾸물거리는 구름을 다시 본다

새 한 마리 날아가는 기척이 있다 날이 궂으려나, 요
즘은 가끔 날아가던 새가 저녁놀을 운다

세월아 명청아,

주말

 버리지 못한 시간을 버려야 한다 미루어 둔 꾸지람을 가벼운 마음으로 비워야 한다 바닥이 환하게 비워야 한다 유효기간이 지난 몇 조각의 그림자와 이행하지 못한 종이나부랭이를 버려야 한다 오늘의 날씨와 오늘의 독서와 오늘의 운세를 비워야 한다 미처 맛보지 못한 치즈 몇 조각은 남겨두기로 한다 치즈하면서 찍은 사진 몇 장도 그냥 두기로 한다

 바이러스 검사는 막 끝났다

가을 저녁

어제보다 오늘 더 바른
햇살에 기우는 동그라미 보러간다
산그늘에 밟히는 마름모 보러 간다
아이들 종알거리는 소리
푸석푸석 꼼지락거리는
풀덤불 속에 풀덤불보다 깊은
동그라미와 궁금한 마름모 보러 간다
누가 넘기는 동화책을 읽는
해질녘으로 가는 걸음 타박타박
종알거리는 동그라미 두엇 들으러간다
들으러가다가 깜박 놓친
물감 짙은 마름모는 접어 두고
어제도 그렇고 오늘도 그런
해 저무는 동그라미 굴리러간다

너덜겅을 걷다

이쪽 방향은 좀 그렇다

검버섯 주름 같은 너덜겅에 지팡이 짚은 구둣발은
구둣발 끼리 머뭇거린다

칡꽃이 몸을 감는 팔월 한낮

이쪽 너덜겅과 저쪽 너덜겅 끝에 걸린 하늘이 캄캄
하다

먼 하늘의 우렛소리와 번갯불 튀는 칼날 같은 찰나
를 비켜가는 바람이 캄캄하다

구름을 업고 가는 구름을 보고 있다

서로 업고 업히는 터울이라고 너덜겅 끝에 걸린 출
렁다리 저쪽에 눈을 판다

이쪽보다는 저쪽, 구름도 구름끼리

쉬다가 가고 가다가 쉰다

제 4 부

여름이사

짐을 싸는데 매미가 운다
매미 울음을 싼다 포장물 속에서
포장물이 된 매미가 운다
어디까지 가는지도 모르는 매미울음은
어디까지 가는지도 모르는 짐을 운다
밑줄 치면서 읽은 책갈피 반쪽이
삐죽 얼굴을 내민다
매미울음이 책갈피에 걸려 있다
좀 어긋나게 포장된 매미울음은
좀 어긋나게 운다 몇 번 울다가
그치고 다시 울다가 또 운다
내가 스쳐온 날이 매미울음에 있나
손 없는 날을 차곡차곡 포장한다

분실신고서

추위에 떨고 있는 목소리를 찾는다
어디선가 응답하고 있을 신호음
서랍에서 서랍으로 호주머니에서 호주머니로 옷장
에서 옷장으로 입구에서 출구로 기역에서 히읗으로
알파에서 오메가로
지나가는 자국을 찾아 두리번거린다
끊어진 응답의 짧은 꼬리 하나, 캄캄하게 길든 어둠
이 그쪽으로 쌓이고, 쌓인 두께는 두터워지고 있다
막막하다고 알 수 없는 길에 점을 친다
하늘천天과 잇기야也 사이, 시끌시끌한 이쪽과 저쪽
사이
어찌할 거나
자욱한 안개가 시침을 떼고 있다

묵묵 默默

오래된 책갈피였다
누렇게 뜬
콧등과 입술과 들릴 듯 들리지 않는
아주 먼 옛날의 징소리
묵죽墨竹에 뜬
반달과 반달 틈새의 허공이었다
곰 한 마리 느린 걸음으로
뒤뚱거리듯 발 헛딛는 언덕이었다
반달곰에게 가서 반달이 된
쑥 캐먹고 살아남은
먼 할아버지 할머니의 마늘맛
엉클어진 바람결에 눈을 뜨는
한 시절
전설도 아니고 전설은 아닌
마늘맛이었다

오키나와에는 화살표 무덤이 있다

화살처럼 날아가자고
가서 빈틈없이 꽂히자고
이쪽에서도 날아갈 수 있다고
날아가서 가장 깊은
그리움에 꽂히자고
꽂혀 한 몸이 되자고 그리움으로 덧난
상처 다독여보자고
백년이 지나도 잊을 수 없는
하늘과 땅과 산과 물소리
바람소리와 산그늘 내려오는 저녁나절의
송아지 울음과 마을 앞 당산나무
당산나무 발치의 오종종한 공깃돌에
얼굴 문질러보자고
거센 비바람에도 흔들림 없는
화살 하나 모지게
이빨 저리게 품었구나

* 일제강점기인 제2차세계대전 때 강제징용되어 돌아오지 못한 피붙이의 무덤
경내에 우리나라 쪽으로 영혼이나마 귀향하는 안내를 한다는 화살표가 있다는
말을 들었다.

문자메시지

어제 지나간 구름의 소용돌이는
어쩌다 목이 쉰 아우라였다
우기도 아닌 비가 시름시름 몸을 섞는다
기역ㄱ에서 히읗ㅎ까지 도돌이표를 달고
끊어지듯 굴러가는 바퀴살이 있다
길목 내내 발 빠른 물오리
어제와 오늘 사이 물살처럼 흔들리는
강아지풀이 저만치서 키를 세운다
어제 지나간 시간의 강물에 발 담근다
엎치락뒤치락 물장구친다
노조깃발처럼 긴 레일 너머에서
첨벙첨벙 몸 추스르는 기척이 있다

조금 젖은,

 텃밭은 조금 더 키가 자랐다 빗소리를 먹고 하늘천
따지 사이에 살이 올랐다 건너 편 밭둑의 송아지울음
을 먹은 살이 올랐다 그녀 머릿결을 빗방울이 빗질처
럼 빗어 내렸다 이랑과 이랑 사이 조금 젖은 송아지
울음이 오고 있었다 빗방울이 된 그녀 어깨 너머로,
저녁밥 뜸 들이는 연기가 젖어 있었다

고분古墳

  부스러져 내리는 흙더미 속에서 부스러지는 손목과 손목에 부스럭거리는 달빛이 있다 지망없이 무너지는 흙더미의 입술과 찌그러진 낱말과 찌그러진 달빛이 있다 달빛 한 오라기 꺾어든다 칼날 같다고 아니 바늘 같다고 달빛이 된 흙더미를 잘게 썬다 잘게 썰다가 한 땀 한 땀 깁는다 방직공장 직공이던 옛날 그녀가 부스러진 흙더미 속에서 걸어 나온다 먼 숨결이 된 고분 하나, 그녀 머리 틀어 올리며 눈 깜박이고 있다

수궁가 水宮歌

어깨를 적시는 고창읍 눈발
눈발은 잠시 머뭇거리다가
기억을 되살린 듯 다시 내렸다
쪽빛물감의 쪽빗을 지나
노리개를 지나
가파르게 목마르게 끈적거리는
목청 굴리는 은빛
가락지, 치마를 살포시 치킨
뒤꽂이가 지나갔다
흐느적거리는 눈발을 어깨로 받아
추임새 먹이는 고수
비녀를 꽂은 여인이
눈발 아득하게 가는
고창 읍내가 젖고 있었다

뉘앙스

허전한 눈부심이라고
말한 것 같다
낯선 것은 낯선 눈부심
오전 열 시에서 오후 다섯 시로 가는
오후 다섯 시는 해바라기라고
말한 것 같다
좀 더 여유 있는 좀 더 홀가분한
나는 지금 오후 다섯 시 길섶에 있다
해바라기가 되지 못한
그냥 해바라기라고
말한 것 같다
폐지를 가득 실은 손수레가 지나간다
봄에서 여름으로 가는
그냥이라고
말한 것 같다

위내시경

협곡을 돌아 바람 부는 사막입니다
이쪽에서 저쪽으로 뚜벅뚜벅, 사막봉우리가 낙타를
부릅니다
오아시스 가에서 짐 풀고 물 한 모금 마십니다
사막에도 시간이 있다는 말, 미처 시간이 되지 못한
길은 먼 모래바람에 쓸리곤 합니다
사보텐이 피다가 저버린
시간은 가다가 지워지고 지워진 시간이 저기쯤 또
다른 시간을 지우고 있습니다

사든 화면을 둘러쓴
눈썹 긴 낙타는 잠들어 있습니다

뻐꾸기시계

벽에 걸린 시계는 한 뜸 한 뜸 시간을 뜸 들인다 시계
가 뜸 들인 시계의 밥을 먹고 벽시계에게로 간다 뜸
들이는 시계 속에서 밥 먹는다 시간을 뜸 들이는 시계
가 된다 내 몸 어디에서 뻐꾸기 울음이 들린다고 귀
기울인다 울음을 따라가지 못한 나는 시계 밖으로 나
와 숟가락을 놓는다 어제 만개한 하늘을 뻐꾸기가 다
시 운다 뻐꾸기가 울어야 봄이 온다고 겨울에서 봄으
로 땅을 밀어 올리는 땅강아지, 뜸 들이는 발등이 우
연히 부어있다

심야방송

지금 나오는 음악은 내일 나오지 않는다
않는다는 광고를 꽹과리와 장구와 대금으로 전한다
어제 일처럼 군중이 흐터지고
방금 법석 떠는 음악처럼 때로는 스타카토 때로는
레가토로 군중이 모여든다
지금 오는 비는 내일은 오지 않는다
오늘과 내일 사이가 때로는 설핏하다
기울어진 나무 등걸의 안간힘을 지금 나오는 음악이
한 대목 한 대목씩 파먹고 있다
지금 오는 비는 어쩔 수 없이 지금 온다

영시 오 분 전

입술

어둠을 까먹은 입술이 꺼멓다 꿈적도 하지 않는 입술을 짚어보기로 한다 입술 속에서 풀려나오는 입술의 빨강과 입술의 파랑과 어둠을 허겁지겁 먹어치우는 혓바닥, 구절양장을 돌아온 길목에서 허우적거리는 입술, 어디는 젖고 어디는 타고 좀 그렇다 자동기계처럼 닫히고 열리는 입술 아래 위, 어둠의 덩어리가 입술을 밀고 간다

출입문

소리의 틈새를 파고드는 감싼 얼굴 하나
저쪽 갈피로 갈 수 없는 걸림돌과 이쪽 갈피로 올 수
없는 걸림돌 사이
몇 장의 표정은 바람에 쓸려 물에 젖었다 폐경 폐광
폐선 폐차 폐품 등 일련문자는 카메라로 찍었다 찍히
고 깎이고 깊은 상처를 다독거리는 파장을 지나
식상한 어둠은 뭉그러졌다 저녁나절, 아킬레스건이
한 번 더 빛나갔다

파스를 붙였다

쌀독

 우물 바닥에 두레박이 닿는 기척을 쌀독 바닥을 긁는 소리로 들었다 바닥을 치는 일은 쌀독만은 아니었다 먼 허공을 타고 날아가던 물총새가 허공을 쳤다 새의 꽁지에 매달린 구름을 한 됫박 쌀알로 보는 날도 있었다 쌀독이 된 물총새가 날고 있었다 멀리 날아가서 되돌아오지 않는, 꿈에 어머니가 바가지로 쌀독을 긁고 있었다

곱사춤 한 마당

 검은 것은 글자이고 흰 것은 종이라는 벙거지, 벙거
지 곁의 벙거지 허공 한 끝에 엉덩이를 내민 허공이
덩달아 바지춤을 끌어 올린다 가물가물한 입술로 들
릴 듯 말 듯 하늘천 따지 가물현 누르황, 장죽으로 등
긁는 소리가 있다 그 곁의 벙거지도 가을추 걷울수
겨울동 감출장, 감출 것도 없는 허리 굽은 춤, 허공이
부스럭거리며 자리를 턴다 집우 집주 속으로 멍석을
만다

기러기소식

요즘은 어차피 기러기에 묻혀 산다
기러기에 생각을 끌어 모으고 기러기소식에 생각을
날려 보낸다
해가 지든 달이 뜨든 기러기 팬이다
사람인ㅅ자로 날아오고 사람인ㅅ자로 날아가는 기러
기는 하늘을 날아다니는 사람이다
기러기 하늘아래 나는 기러기소식이 되지 못하고 로
그인 로그아웃도 되지 못하고 기러기아빠도 물론 되
지 못하고
되지 못하는 생각이나 몇 줄 끼적거리는 생각의 떠
돌이, 떠돌이 수다, 떠돌이 아픔,

폐가

　누가 살기는 산다 밤마다 들이닥치는 바람이 살고 때로는 시퍼런 달빛이 산다 서까래 뜯어 군불 지핀다 그냥은 심심할까봐 생쥐도 몇 마리 아궁이에 들락거린다 때로는 하늘도 보고 비 오면 비에 젖고 눈이 오면 눈사람 만들어 수다도 떤다 내 것이 네 것이고 네 것이 내 것인 태평성대, 오후 무렵엔 수염 기다란 그가 둘러보고 갔다 지팡이를 끌고 온 등은 전날보다 조금 더 굽어 있었다

해운대 노을

모래알 한 줌 쥐고 까치놀을 본다
까치는 없고 비둘기가 두 마리
모래밭을 띄엄띄엄 쪼고 있다
햇살이 설핏한 모래알속의 바다를 쪼고 있다
바다가 흔들릴 때마다 흔들린 바다의 귀가 열린다
여름을 기다리는 저녁나절
멀리 가물거리는 파도가 뜬다
누군지도 모르는 전화번호가 뜬다
조선비치호텔에 걸린 하늘
아까보다 조금 더 혈색이 좋은
모래알 한 줌 저녁놀 따라 날려 보낸다
까마득히 먼 날에 날아간다
요즘은 어쩌다, 참으로 어쩌다 문자를 띄우며
저녁놀의 어깨에 가만 기댄다

그 집에서 그 집으로

그 집 추녀 끝에 달무리가 알을 슬고 새로 깐 달무리
는 하얀 부리를 내밀었다 문풍지 틈새로 흥부전을 읽
는 소리가 새어나왔다 누가 덩달아 소리를 읽었다 장
독간의 살얼음을 읽었다 그 집에서 그 집으로 읽고 있
었다 소한 무렵이었다 전날 오던 눈발이 댓잎을 사락
사락 갉아먹었다 그 집으로 가는 소한 무렵, 어쩌다
배고픈 생각이 났다 어제 먹은 밥숟가락이 떠올랐다
그 집에서 그 집으로 어제 내린 눈발이 다시 내렸다

허무와 놀다

허무와 놀다

유병근

1

이 따분한 세상에 하필이면 시냐는 입방아에 찍힐 수 있다. 시 아니고도 삶의 값진 보람은 부지기수다. 하지만 시인으로 점 찍힌 팔자소관은 하필이면 시에 매달려 이런저런 입방아를 오물오물 잡아먹는다.

풀어놓을 수 없는 형벌처럼 시를 짊어진 시인으로서는 그 넋두리 또한 가지각색일 수 있다. 시는 자기위안일 수 있고 위안으로 인한 자아구제책일 수도 있다. 시를 빌미로 삼아 시와는 전혀 판판인 감투를 쓰고 거들먹거리기도 한다. 시는 무슨 수단이 아니라고 흔히 말하지만 수단이 아닌 수단이다. 시를 장식품처럼 어깨에 걸고 얼굴 내밀기를 일삼아 삶의 세속적인 재미를 보는 측도 있다.

시는 새로운 세계창출에 의미를 두는 측이 어쩌면 많은 것 같다. 하기에 시인은 언어를 주축으로 한 시인자신의 세계를 구축하는 영토를 개척/확장한다. 그 영토 안에서 혼자만의 시인공화국을 건설하는 일인독재자(이형기 시인)가 시인임을 어쩌랴. 그 독재자는 스스로 세운 헌법을 버리고 새로운 헌법을 제정하고 기존의 질서를 파괴 이탈하고 시의 새 영토를 세우려 안간힘을 쓰는 얄궂은 무정부주의자다.

누가 이러쿵저러쿵해서가 아니다. 스스로의 언어영토를 지휘통섭하는 시인은 보다 참신한 언어, 보다 기발한 시적성장을 노려 고군분투하는 고심에 찬다. 그런 일편단심이랄까, 어쭙잖은 일이지만 시인은 밥을 먹으나 굶으나 시인으로 떳떳하게 살기를 다짐한다. 그런 끈질긴 의지력을 힘입어 모국어인 언어가 새로운 섬광을 띈다. 그러나 다시 부언하지만 시인은 그가 애써 구축한 언어의 영토에 안주하지 않으려 또다른 참신한 언어세계를 찾아 떠나려 단단한 행리를 챙긴다. 시인 자신이 구축한 세계를 등지고 또 다른 세계에의 딤험을 꿈꾸는 선량한 떠돌이.

덧없고 슬기로운 바보, 시인이다.

2

시는 무엇일까, 그 속내가 궁금하여 깨트려보기로 작심했다. 흥부네 가족이 톱으로 썰던 박도 아닌 무엇은 좀처럼 깨트려지지 않을 기세로 오히려 나를 밀어붙였다.

어쩌다 무슨 모임의 관광버스를 탔다. 잘 깨트려지지 않는 궁금증을 깨트릴 수 있는 기회라고 혼자만의 생각을 했다. 그런데 모처럼 깨트린 내용물은 쓸쓸함이란 이름이었다. 그 쓸쓸함에서 푸석푸석 변두리가 허물어지는 소리가 들렸다. 어쩔 수 없이 그 소리에 귀를 대기로 했다. 소리는 더 아득한 소리 있는 쪽으로 나를 끌고 갔다. 텅 빈 벌판이라고 생각하고 있는데 바람 한 가닥이 이는 듯 사라졌다. 바람이 사라진 쪽으로 눈을 대었다. 정지된 시간이 비스듬히 걸려 있는 변두리 가장자리에 작은 꽃 한 송이가 고개를 떨어트리고 있었다. 그 꽃송이 쪽으로 갔다. 그러나 꽃송이는 보이지 않았다. 들리지 않는 것, 보이지 않는 것이 깨트린 속내 여기저기에 환각부스러기처럼 어른거렸다.

손뼉을 치는 소리, 폭소를 터트리는 소리, 목에 핏대를 세우는 소리의 소용돌이가 귀에 들어왔다. 그 소용돌이를 싣고 관광버스는 달렸다. 불행하게도 그 소리에 끼어들지 못하고 깨트린 속내 여기저기에 어른거리는 쓸쓸함이나 멍하게 보고 있었다. 「대전불르스」가 지나가고 있었다. 그 노래는 귀에 익었다. 몇 소절 흉내 내다가 그 다음 소절을 까먹고 멍청하게 마이크를 놓은 적이 있다. 버스 안은 여전히 소리의 열기로 푹푹 찌는데 꾸어온 보릿자루처럼 나는 맨 앞자리 귀퉁이에 앉아 언제 끝날지도 모르는 소리의 결에서 스스로 밀려나고 있음을 어렴풋이 깨달았다.

노래판의 분위기에 어울리지 못하는 처신머리는 쓸쓸함을 자초하는 일이다. 그렇다고 쓸쓸함의 편도 아니다. 그렇다고 노래판의 편도 아니다. 참으로 어정쩡한 처지는 차라리 쓸쓸함의 편이 되어 이것도 저것도 다 심드렁한 창밖이나 본다. 독불장군이란 있을 수 없다. 어디든 붙어살아야 한다. 혼자 잘난 척, 고고한 척하는 것은 눈에 가시가 된다. 그렇다고 고고한 척하는 것은 전혀 아니다. 노래판에서 겨우 찾아낸다는 것이 쓸쓸함을 삭일 수 있는 창밖이다. 그 속으로 머리를 디밀어보자는 계산이 나를 조금이나마 쓸쓸하지 않게 한다. 창밖이 일종의 구원이 된다는 어설픈 말을 혼자 중얼거린다.

멀리 산줄기가 흘러가고 있다. 산 위로 구름이 게으름뱅이처럼 떠 있다. 그 구름을 닮았다는 생각을 한다. 열심히 노는 일행과 합류하지 못하고 물 위에 기름처럼 떠도는 처지. 내 속에 파고든 오염덩어리 같은 쓸쓸함이 게으름뱅이나 다름없는 구름덩어리를 닮았다.

"구름에 달 가듯이/가는 나그네". 시인 박목월의「나그네」
를 잠깐 입에 올린다. 그런데 나는 꼼짝없이 관광버스에 묶
인 처지다.

사는 동안 많이 게으르고 아둔했다는 생각을 한다. 사물
을 보고도 그걸 낯설게 보거나 생각할 엄두를 내지 못하고
지나치게 정직하게만 보고 생각하려 했다. 그 결과 천편일
률이란 전혀 반갑지 않는 말을 듣게 되었다. 스스로 보아도
그런 것이 지나치게 흔하게 눈에 띈다. 이러고서야 어디 창
의적이라거나 참신하다는 말을 들을 수 없다. 남의 말을 앵
무새처럼 되풀이하고 남이 쓴 글이나 읽으며 대리만족하는
처지 아닌가.

문학을 한다는 것은 내 목소리, 내 세계, 내 길을 갈고 닦
는 보람에 의미를 두겠는데 내 목소리가 어디 있으며 내 문
장이 어디 있는지 전혀 감이 잡히지 않는다. 이러면서도 문
학을 들먹거리며 살아온 처지는 넘새스럽고 부끄럽다.

쓸쓸함은 거기 대한 어떤 뉘우침이거나 등짝에 떨어지는
죽비 아닌가. 그렇다면 쓸쓸함의 정체는 죽비를 버는 거다.
괜히 쓸쓸했던 것은 전혀 아니다. 멋모르고 문학에 끼어든
주눅이 나를 쓸쓸하게 만든 것이다. 어떻게 만들었나 하고
다시 쓸쓸함의 속내를 파헤친다. 그랬더니 세계를 있는 그대
로 복사하느라 잔머리를 굴리는 손이 보인다. 남들이 이미

밟고 간 길을 따라가느라 허우적거리는 숨찬 호흡이 보인다. 어제 한 이야기를 오늘 다시 떠벌리느라 머리를 싸매는 머릿수건이 보인다. 개성을 으뜸으로 치는 문학의 굿판에서 종이나 낭비하는 주제머리 없는 꼴이 아닌가. 나무야 미안하다.

뉘우침은 언제나 일이 어긋난 다음에 온다. 뉘우치지 않으려고 빠락빠락 악을 쓰는 뒤통수를 찍으면서 온다. 시가 되어 있지 않은 시를 들고 우쭐거리는 처신머리에 벼락을 치면서 온다. 그러면 어짜노, 슬그머니 시를 놓아버리고 저만치 물러앉아 시가 되어 있지 않은 시의 몰골을 물끄러미 본다. 아무래도 희망이 없다고 판정을 내릴까도 싶다. 아주 썩 물러서는 것이다. 미련을 버리자. 아주 깨끗이 버리고 손을 털자.

이렇게 마음먹으니까 그럼 지금껏 우쭐댄 꼴이 뭐냐 하는 소리가 가슴속에서 아우성을 친다. 인두겁을 둘러쓰고 시인의 대열에 엉거주춤 끼어들어 사방의 눈치나 교묘하게 살피고 있지 않는가. 이건 아무리 좋게 보아도 서글픈 짓이다. 이런 때는 어쩔 수 없이 나 자신을 구제하는 손길이라도 뻗어야한다. 하기 좋은 말로 시는 구원이 된다고 하는데 시가 나를 낭떠러지에 처박다니 말이 되지 않는다며 속으로 중얼거린다. 달리 도리는 없다. 기왕 버린 몸은 어쩔 수 없이 시의 옷자락에 미련스럽게 매달린다. 하는 꼴이 측은했던지 시가 내 머리를 쓰다듬는 은근한 느낌을 받는다.

3

어쩌다 입에 담은 말 비틀기를 즐긴다. 그걸 어쩔 수 없이 시에 몸담은 구명조끼로 삼고 있다. 이쪽으로 조금 저쪽으로 조금 비트는 사이 언어란 것이 빛깔을 바꾸면서 새로운 분위기를 보여준다. 거기 흥이 끌려 분재가들이 분재목을 비틀어 철사로 옭아매는 노력을 언어다루기의 한 방편으로 삼으려 한다.

언어가 비틀리면서 신음하는 소리에 귀를 닫는다. 언어의 팔을 비틀고 어깨를 쭉 펴게 하느라 언어 이쪽저쪽에서 비틀린 팔의 각도를 알맞게 맞추는 잣대를 댄다. 언어에의 폭력을 일삼는 잔인한 노릇이지만 이런 노력이 시의 길이라며 비정한 과단성을 부린다. 때로는 비트는 노릇이 서툴러 언어의 가지를 부러트리기도 한다. 그러면 그걸 다시 고정시키느라 깁스를 대는 등 호들갑을 떤다. 그러나 틀이 어긋난 언어는 본래의 언어를 찾아 길을 찾는데 이미 어긋난 언어는 처음의 생명력을 잃는다. 제자리를 찾지 못하고 방황하는 언어를 보는 것은 면목이 없다. 뿐만 아니다. 언어를 찌고 볶고 담금질

하고, 그것도 모자라 언어의 껍데기를 벗기고 살을 깎는다. 하마터면 영양실조에 걸릴 언어를 치켜들고 비쩍 마른 북어 같은 언어의 살을 뜯는 야만성을 부린다.

관습적인 국면에서 벗어나자고 말은 하면서도 나도 몰래 관습적인 국면의 함정으로 들어서고 있는 자아를 발견한다. 이건 아닌데 하면서 쓴 입맛을 다신다. 타성에 굳어버린 시 쓰기는 시에 아무런 보람도 끼치지 못한다는 상식을 뒤엎지 못하고 안이한 시작태도를 견지하고 있다. 당연히 시적긴장 의 나태함인데 이에서 쉽게 벗어나지 못하고 있으니 딱하다. 이 서글픔에도 서글픔이란 것을 심각하게 받아들이지 못하 는 태도는 더욱 착잡한 노릇이다.

겨우 들어선 길이 말 비틀기이지만 이 또한 남들이 다 써 먹고 남은 공법임을 자각한다. 어디 또 다른 길은 없을까 하 고 두리번거리는 처신은 다른 시인의 뒤꽁무니나 좇는 모방 행위로 그치고 만다. 시가 요구하는 창의성을 저버린 태도는 어디 내놓아도 그게 그것인 시에 그치고 마는 불운의 덫에 갇히는 비운의 주인공에 지나지 않는다. 딱하고 얄팍하다.

시정신은 말할 나위도 없이 시屍정신이다. 죽기 살기로 몰 두하는 험준한 깨달음에의 길이다. 그 길에 들어서지 못하면 시의 진정성은 획득하기 어려울 것이다. 전광석화처럼 날아 와 날아가는 이미지의 불꽃을 포획하고자 시인은 치열한 상

상력의 눈을 뜬다. 느슨할 수가 없고 느슨해서도 되지 않는다. 함으로 죽기 살기를 마다하지 않는 긴장의 연속이 시인을 깨우는 일일 따름이다.

막장에 들어선 광부처럼 시의 검은 진흙덩어리를 찾아 곡괭이를 휘둘러야 산다. 끈적끈적한 검은 덩어리, 시의 맥. 그걸 캐내고자 한 가닥 불빛에 전력투구하는 노력을 다한다. 이렇게 써놓고 보니 치열한 시정신 비슷하게 보이지만 너무 흔한 말투가 되고 말았다. 흔한 말투를 나는 맹목적으로 뒤쫓고 있다. 금방 아니라고 해 놓고 다시 그 길에서 어정거린다. 모든 어정거림은 시로 통한다. 이렇게 써보아도 모든 길은 로마로 통한다의 복제판이다.

방목상태처럼 쓰고 있는 이 글이 어떤 방향으로 튈지 아득하다. 자유방임의 길에서 이 문장 저 문장의 길섶을 찾아 눈과 귀를 주고 있다. 소란을 떨지 않으려 한다. 감각을 자극해오는 대상과 대상을 애무하려는 나는 대상과 부딪치려 하면서 좀처럼 부딪치지 못한다. 충돌에서 야기되는 불씨를 손에 쥘 수 없는 나는 아직도 허무맹랑하다. 혹 이 허무를 끌어와 시의 중심으로 덧칠할 수는 없을까. 아쉬운 궁리는 아쉬운 궁리에 몰입한다.